KB157862

한국 희곡 명작선 75

땀비엣, 보 (Tam biet, Bo)

한국 희곡 명작선 75

땀비엣, 보

강제권

평민사

강제권

땀비엣, 보

'땀비엣, 보'

《클레멘타인》
넓고 넓은 바닷가에 오막살이 집 한 채 고기 잡는 아버지와 철모르는 딸 있네 / 바람 부는 하룻날에 아버지를 찾으러 바닷가에 나가더니 해가 져도 안 오네 / 넓고 넓은 바닷가에 꿈을 잃은 조각배 철썩이던 파도마저 소리 없이 잠드네

* 내 사랑아 내 사랑아 나의 사랑 클레멘타인 늙은 아비 혼자 두고 영영 어딜 갔느냐 *

*'땀비엣, 보'는 '안녕(이별), 아빠' 란 뜻을 가진 베트남어입니다.

등장인물

끌레멩(여) : 라이따이한 아가씨. 34세
승국(남) : 끌레멩의 아버지. 절름발이 고엽제 환자. 61세

어린 끌레멩(여) : 라이따이한 아이. 8세
젊은 승국(남) : 끌레멩의 아버지. 군인. 24세
릉(여) : 끌레멩의 어머니. 26세
할머니(여) : 끌레멩의 외할머니. 48세
뚜이(여) : 끌레멩의 베트남 친구. 34세

김씨(남) : 봉사단체. 전직 노숙자. 62세
장팔(남) : 국제결혼 브로커. 53세
목사(남) : 걸걸한 스타일. 봉사단체 목사. 51세
정섭(남) : 끌레멩의 남편. 44세

영숙(여) : 감방 대빵. 혼혈. 조직폭력. 41세
혜진(여) : 감방 2인자. 전라도 사투리. 꽃뱀. 35세
수희(여) : 정서불안. 과실치사. 23세
제시카(여) : 공주병. 사기 및 상습절도. 30세.
정옥(여) : 조선족 출신. 상해치사. 35세
교도소장(여) : 여자교도소장. 강직함. 52세
교도관1(여) : 카리스마 있음. 28세
교도관2(여) : 귓속말 잘함. 24세

김중사(남) : 걸걸함. 36세
오병장(남) : 정의감. 26세
이상병(남) : 건들건들. 22세

마담(여) : 국제결혼 현지브로커. 35세
웨이트리스(여) : 푼수. 25세
부인(여) : 성격 있음. 37세
위원1(남)
위원2(남)

국제결혼 맞선남 배사장(남)
국제결혼 맞선녀 호야(여)
베트남 무희 (다수)

1. 동화, 끌레멩타인 — 환상

어둠 속에서 살짝 음악이 흐르고 용명 되면 천천히 몸을 흔드는 무희들. 동남아 특유의 화려한 의상. 베트남 전통음악에 맞춰 전통 춤을 춘다. 끌레멩이 무대 중앙으로 나와 독백을 한다.

끌레멩　제 어린 시절 이야기를 해드릴까요? 전 베트남 탕롱 리 왕조의 공주랍니다.

무희가 끌레멩에게 왕관을 씌워준다. 이후 끌레멩의 대사에 맞춰 무희들의 화려한 쇼가 펼쳐진다.

끌레멩　빨주노초파남보 무지개빛 채홍수 이파리 위로 맑고 영롱한 이슬이 맺히면 탕롱의 아침이 시작됐대요. 궁중악사들이 연주하는 파라눙, 사라나이의 울림에 맞춰 12가지 색의 깃털을 가진 새와 하늘거리는 천사 옷을 입은 무희들이 거리거리마다 춤을 추면, 리타이또 황제가 황후마마와 손을 잡고 행차를 했죠. 백성들은 향기로운 화목립을 흔들며 환영했어요. 어느 날, 이런 태평성대를 부러워하던 이웃나라들이 평화롭던 베트남에 엄청난 폭격을 했고, 무시무시한 전쟁이 시작됐어요. (커다란 폭격음. 비행기소리) 리 왕조의 29대 종손이었던 외할아버지는 중전마마와 하나

뿐인 공주를 데리고 전쟁을 피하기 위해 탕롱을 떠나게 됩니다. 이리저리 헤매던 도중 푸꾸옥섬 외딴 바닷가에 정착하게 되었죠. 하지만 매캐한 폭염은 그 작은 섬까지 더럽혔고, 외딴 바닷가까지 쳐들어온 이웃나라에 맞서 용감히 싸우던 외할아버지는 결국 세상을 떠났습니다. 외할머니와 엄마만 쓸쓸히 남겨졌어요…

어느새 무희들 하나 둘 퇴장. 끌레멩만 홀로 무대에 남겨지고 천천히 〈암전〉

2. 여자교도소에서 – 현재, 교도소

기상나팔이 울리고 다들 일어나 일조점호를 한다.

교도관1 총원 128명, 사고 무, 현재원 128명! 일조점호 준비 끝!

교도소장 우리 교도소 연례행사 중 가장 큰 행사인 '새 희망의 밤'이 두 달밖에 안 남았습니다. 준비에 만반을 기해주시기 바랍니다. 이상! 아, 영숙 씨! 그 방은 작년이랑 똑같은 거 준비하나?

영숙 네, 차력쑈! 준비하고 있습니다.

교도소장 거 좀 변화를 시도해봐. 매년 차력이야 차력! 코로 피티병 불기, 전화번호부 찢기. 식상하다 식상해.

영숙 아닙니다. 올해는 새로운 시도할 겁니다.

교도소장 오, 그래? 뭐?

영숙 (당장이라도 할 듯한 기세) 이빨로 물 양동이 들어올리기!

교도소장 (혀를 차며) 그래 그래! 아주 새로운 시도야, 응? 왜, 이왕이면 왕년에 좀 하시던 면도칼 씹어 뱉기 같은 거 하시지?

영숙 에이~ 소장님도 참. 저 개과천선한 거 아시면서~

교도소장 그러셨어요? 그런데 왜 자꾸 이곳에 들어오실까? 내가 보고 싶어서?

영숙 미안합니다.

교도소장 아무튼 잘해봐. 그래야 바람 한번 쐬러 나가지.

영숙　네, 알겠습니다! 충성!

교도소장　충성~

교도소장 퇴장, 교도관이 두 사람을 데리고 들어온다. 정옥과 끌레멩.

교도관2　오늘부터 너희들과 함께 생활할 거다. 싸우지 말고 잘 지내라. (퇴장)

끌레멩은 불안한 듯 이리저리 보고 있다. 정옥은 불만이 가득한 눈빛으로 한곳만 응시한다.

수희　(맹한 느낌) 와~ 신입생이다!

혜진　워매~ 간만에 신삥 들어왔네~ 그것도 둘씩이나! 아야, 뭐하냐? 앙거라. 그냥 우리 집이다~ 생각하고 편히 앙거.

제시카　어서들 와~ 제시카의 왕국에 오신 것을 환영합니다~ 쎗다운 플리즈~!

혜진　(주춤주춤 앉는 끌레멩에게) 아따~ 야는 쪼까 이국적으로 생겨 부렀네. 아야, 너도 코리아 아웃사이드냐? (끌레멩, 고개를 끄덕인다) 잉~! 나가 쩍하니 맞혀부렀네! 성님, 내가 신기가 좀 있당게요. 아야, 웨아유아 프럼? 응? 웨.아.유.아.프.럼?

수희　언니, 프럼!

끌레멩　벳남에서 왔어요.

혜진 위매위매위매~ 베트남! 월남! 아따~ 우리 아부지가 월남 참전 용사 아니냐잉! 우리 아부지가 월남서 그 머시냐… 잉~ 스키를 타고 딱! 눈 쌓인 산을 딱! 내려옴시롱 그 바주카포로…

영숙 시끄럽다. 그만 좀 하고 신삥들 생활수칙이나 알려줘라.

혜진 알겠으요. (아직도 꼿꼿이 서 있는 정옥을 바라보며) 아야, 넌 뭐하냐잉? 다리에 쥐라도 났나? 앙거라. 바닥 안 꺼진다.

수희 이 바닥이요~ 이래 봬도 튼튼해요~

제시카 어머, 언니 와일드하니 멋지다. 포스 쩔어. 우리 귀염둥이 승기 닮았네~ 츄~

영숙 (책을 읽다가) 용자야~ 이게 무슨 뜻이냐? 아니다, 수희한테 물어봐야지.

제시카 (정색하며) 어머머머! 언니, 제시카라니까! 그리고 나 무시하지 마. 어디 봐봐.

혜진 (여전히 서 있는 정옥에게) 뭐다냐? 시방 내 말 안 들리냐? 위매~ 이것이 내 말을 그냥 씹어 드시네? (일어서며 정옥 팔을 잡는다. 정옥, 침착하게 혜진 팔을 잡고 비튼다) 아야야야 아퍼야. 위매~ 이 손 못 놓냐? 이 손 못 놔?

제시카 (책으로 정옥을 콩콩 치며) 꺄아! 이 언니, 정말 왜 이래요! 왜 이래요! 못됐다 증말~!

수희 아, 이건 좋지 않아요. 우리 단정하게 대화로 해결해요. 아… 아…

영숙 그만!

영숙의 일갈에 모두 놀라 정적.

영숙   놔줘라. (사이. 정옥, 혜진 팔을 놔준다) 어디서 왔냐?

정옥   …

영숙   고향이 어디야?

정옥   길림성 연길

혜진   말이 깍두기네. 싹뚝싹뚝 잘리고!

제시카   비유를 해도 깍두기가 뭐야~ 스튜~에 넣는 풔테이토 정도로 해두자궁~

영숙   짱개 자매구나. (손을 내밀며) 이왕 이렇게 만난 거 싸우지 말고 잘 지내자.

정옥   …

혜진   위매~ 시상에~ 우리 성님 손 민망해서 어쯔까잉? 이걸 그냥 확 쪼사부까잉?

이때, 옆에 있던 끌레멩 나지막이 노래를 부른다.

혜진   옴마야, 이건 또 웬 아름다운 소리다냐? 하나는 간이 부었고 하나는 미쳐부렸네?

수희   저기요, 여기서 노래 부르면 큰일 나요!

영숙   노래 좋네. 그냥 듣자.

제시카   왜 우리 방은 이렇게 개성들이 강한 거야? 테러블!

혜진   테러분자 같은 년.

모든 시선이 끌레멩에게 쏠리고 〈암전〉.

어둠 속에서도 계속 들리는 끌레멩의 노랫소리.

3. 노숙자, 승국 – 현재, 급식소

어스름한 저녁 승국이 쓰레기를 뒤지고 있다.

김씨   어이~ (승국, 들은 척 만 척) 어이, 이것 봐. 당신 뭐야? (승국, 여전히 쓰레기를 뒤지다 인형을 꺼내 쳐다본다) 이봐, 여기 어떻게 왔어? (승국의 손에 든 인형을 뺏는다)

승국   (김씨에게 달려들며) 돌려줘!!

김씨   아니, 이 사람이! (인형을 뺏은 승국, 갑자기 심하게 기침을 한다) 이봐? 이봐! 어디 아픈 거야? 잠깐 있어봐. 물이라도 갖다 줄게. (퇴장)

승국, 기침을 하면서도 인형을 꼭 껴안고 있다. 기침이 좀 잦아들 자 힘들게 일어나 가려 한다.

김씨   (물을 들고 오며) 그 몸으로 어디 가려고? 이거 한잔 마시고 좀 쉬었다 가. (다시 앉아 벌컥벌컥 물을 마시는 승국을 바라보며) 사연이 많겠구만. (구석에서 숨겨둔 소주를 꺼내 한잔 따라 마신다) 이 급식소 말이지. 이 옆에 있는 교회 목사님 사비 털 어서 노숙자들 밥 한 끼라도 제공하는 곳이거든. 돈 없어 서 운영도 힘든데, 나 같은 사람도 다시 살아보라고 이렇 게 관리패찰 달아주더라. 흐흐, 여기 훔쳐갈 게 뭐 있다고.

한잔 할텨? (소주를 한잔 건넨다) 얼른 마셔~ 목사님 오시면
혼쭐 날 테니, 흐흐. (승국, 받아서 마신다) 형씨, 몇 살인가?

승국   토끼띠.

김씨   예순하나? 그럼 내가 한 살 많으니까 동생이라고 부를게.
괜찮지?

승국   (끄덕거리며) 맘대로.

김씨   근데 인형은 뭐 하려고? (인형을 만지작거리며) 이런 거 좋아
하나?

승국   (인형을 뺏으며) 만지지 마.

김씨   허허, 성질 한번 고약하네. 참, 동생 밥은 먹었어? 배식하
고 남은 게 있나…? 기다려봐.

김씨 퇴장한다. 승국, 소주를 한잔 따라 마신다.

장팔   (들어오며) 목사님 계슈? 손님이 계시네. 목사님 어디 가셨
슈? (승국, 신경도 쓰지 않고 침묵. 민망한 장팔)

김씨   (쟁반을 들고 오며) 장팔이 왔어? 오랜만에 들르네?

장팔   그게 말유, 그 신홍리 강가노무시키가 고소한다느니 죽인
다느니 그래서 몸 좀 피해 댕기느라구유. 에휴~ 힘들어
죽겄네.

김씨   도망간 마누라는 아직 못 찾았고?

장팔   작정하고 도망간 마누랄 어떻게 찾아유. 들어보니께 그
강가노무시키가 완전 또라이지 뭐유? 마누라 여그 온 첫

날부터 달랑 요강 하나 넣어주고 밖에서 문 걸어 잠겄대유. 하루에 밥 한번 넣어주고 자기 전에 한번 들어가서 그 짓 허구 다시 잠그고… 그게 뭔 짓이래유.

김씨 썩을 놈의 새끼! 그렇게 할 거면 왜 데리고 온 거야. 이 먼 타향까지. (승국을 보면서) 먹어. 찬은 없지만 많이 먹어. (쟁반을 내려놓지 않고 혼자 흥분해서) 호로새끼! 외국 마누라는 사람도 아닌가? 아니, 축생한테도 그러면 안 되는 것인데!

장팔 지두 이 생활 드러버서 더 이상 못하겄슈! 그래서! 새로 사업을 시작해 버렸습니다!

김씨 또?

장팔 또라뉴~ 3년을 한 사업만 했으면 충분히 한 거쥬. 자, 형님 여기 명함유. 흠… 손님두!

김씨 한국다문화가정정착협회?

장팔 낯선! 이방인들을 우리가 따뜻하게 맞이하여 정착하게 만든다! 저희 협회의 취지유~ 억지로 결혼시켜서 그러코롬 파탄나게 하지 말고, 그냥 자연스럽게~ 아주 자연스럽게~ 정착하게 만든다!

김씨 그 전에 하던 일이랑 뭐가 다른가?

장팔 당연히 다르쥬. 결혼은 단지 서류상으로만! 한국을 동경하는 다문화인은 한국으로 오게 해주고 살기 힘든 한국의 형제들은 금전적으로 지원해 줌으로써~ 다다익선 일거양득 일석이조 낙장불입 (또 뭔가 아는 사자성어를 생각하다가) 뭐, 암튼 누이 좋구 매부 좋구 임도 보고 뽕도 따고 도랑 치고 가재 잡고 그렇다는 거쥬.

김씨 그거 브로커 아닌가?

장팔 브로커라뉴! 저희는 애프터서비스가 있슈. 국적을 딸 때까지 철저하게 관리를 하는 거쥬.

김씨 내가 볼 때는 그거나 그거나… 자칫 잘못하면 쇠고랑 차겠구만. (승국, 일어서서 나간다) 벌써 가려고? (그제서야 쟁반을 내려놓으며) 이것 좀 먹고 가! 이봐~ 동생! 배고프면 언제라도 와~!

장팔 누구유?

김씨 오늘 처음 봤어.

장팔 혼자 산대유?

김씨 내가 우째 알아. 오늘 처음 봤다니까.

장팔 그렇단 말이쥬~ 알겠슈. (다급하게 승국이 나간 쪽을 보며) 형님, 저 가유~

김씨 벌써 가? 한잔 하고 가지.

장팔 아뉴, 담에 또 들릴게유.

목사, 등장. 김씨 허겁지겁 술병과 술잔을 감춘다.

목사 장팔 형제님, 오셨습니까?

장팔 안녕하세유, 목사님. 제가 급한 일이 생겨서 먼저 가 볼게유.

목사 (가려는 장팔을 붙잡으며) 오랜만인데 차라도 한잔 하고 가세요.

장팔 아니, 급한 일이… 아, 목사님 저 전업했슈. 여기 명함.

목사 오! 축하합니다. 잠깐! 우리 기도합시다. 하나님 아버지 감사합니다. 우리 이 왕장팔 형제가 또 다른 사업을 시작했다고 합니다. 그가 하는 모든 일에 축복을 내려주시어 많은 사람들을 의의 길로 이끌게 해주시고 날로 날로 번창하게 하여 주시옵소서. 예수님의 이름으로 기도 드리옵니다. 아멘~ 근데 무슨 사업을 또 새로 시작했습니까?

장팔 (기도가 끝나기를 똥줄 타게 기다리다가) 나중에 설명해 드릴게유. 저 가유~ (퇴장)

김씨 들어가~ (목사에게) 가신 일은 잘 되셨습니까?

목사 네. 원래 외부로 나오는 건 안되지만, 소장님께서 특별히 지원해 주신다고 하네요. 게다가 우리가 복지 소외자 분들을 모시고 한다니까 흔쾌히 응해주셨습니다. 재소자들에게 교화의 자리도 마련되니 일석이조죠.

김씨 그래도 재소자들이라 좀 꺼림칙하지 않을까요?

목사 아니, 무슨 말씀을! 그들이나 우리나 죄 짓고 사는 하나님의 어린 양들일 뿐입니다. 우리도 항상 반복해서 죄를 짓고 회개하고 용서 구하고 그러고 살지 않습니까?

김씨 죄송합니다.

목사 회개의 기도 하겠습니다. 하나님 아버지…

장팔 (승국을 부축해서 들어오며) 아, 이게 뭐유~ 긍께 밥 좀 먹고 가지 왠 고집이유~ 형님, 이 사람이유 요 앞에서 자빠져 있었슈. 배고파서 그런가 밥 좀 맥여야 할 것 같네유. 아, 목사님 처음 보시쥬? 우리 목사님이슈.

목사 안녕하세요, 주의 종 김 목사입니다. 어서 오세요~ (김씨가 아까 들고 온 밥을 챙겨준다) 자, 기도합시다. 하나님 아버지… (기도를 무시하고 허겁지겁 밥을 먹는 승국) 오! 상당히 배고프셨군요… 그래요, 배고플 땐 언제라도 이곳에 와서 식사하세요. 편하게… 많이 드시고 또 뵙겠습니다. 저 먼저 들어갑니다. (퇴장)

김씨 목사님 들어가세요~

장팔 (승국 가까이 붙어 앉아서) 가족은 있슈? 응~ 싱글? 그거 잘됐구만. 많이 드셔. 모자라면 내 조 앞 해장국 집에서 해장국 사줄 테니 응? 그리고… 우리 이따가 아름다운 이야기 살짝 해봐유 응? 〈암전〉

4. 끌레멩의 이야기 속으로 - 현재, 교도소

수희 책 읽고, 제시카 요가하고, 정옥 구석에 멍하니 기대어 있고, 혜진은 누워서 뒤척이고 있다. 끌레멩은 뭔가를 열심히 썼다 지웠다 한다.

혜진　월남아~

끌레멩　나 월남 아녜요. 끌레멩이에요.

제시카　무식하기는! 월남이 뭐야! 비엣남이지 비엣남! (끌레멩을 보며) 비엣남아~

혜진　월남이든 뷁남이든 그 야그 또 해봐라.

끌레멩　거짓말 같다면서요?

혜진　아녀아녀. 내가 요로코롬 누워서 생각해봉께 막~ 그 장면들이 눈앞에 스물스물 보이지 않겠냐잉~ 월남왕국의 비극적인 현실! 바닷가 마을에서 군인과의 아름다운 사랑, 그리고 이별! 캬~ 이거 완전 영화네 영화! 뭐, 이건 자랑하려고 하는 말은 아닌데 나가 영화감독들 좀 안당께! 흐~ 배우들이 좀 헐벗고 나오는 영화들 위주지만. 월남아, 나가 여그서 나가면 그 감독들 소개시켜줄까?

수희　(다가오면서) 와~ 그럼 월남언니 시나리오 작가 되는 거예요?

혜진　워매, 시상에~ 작가!! 캬~ 용자야, 너도 와라. 작가님 얘기 같이 듣자.

제시카 제시카라구! 나 흥분하게 하지 마. 얼굴 주름 늘어. 여긴 링클프리는 왜 안 파는 거야?

혜진 홈쇼핑 링클프리 바지 같은 소리 하고 있네. 아, 안 올껴?

제시카 안 가! 난 쟤 공주로 인정 못해! 공주는 나뿐이라규!

혜진 안드로메다 공주 같은 년. 개념은 고향으로 택배 보내셨어요잉? (구석의 정옥을 바라 보면서) 연길이는 안 오냐? (정옥, 무반응) 쩍쩍 말라붙은 오아시스 같은 년, 암튼 혼자 똥 폼은 다 잡아요. 잉, 알겠어요~ 그냥 거그 아름답게 박혀 계셔요, 네? 자, 이야기 스타또!

끌레멩 그렇게 끌려간 아빠 돌아오지 못했어요. 몇 년 더 지나고 우리 가족 탕롱 왕궁으로 돌아가게 됐어요.

〈극중극 1 홀로 남는 끌레멩, 정섭을 만나다〉

굉장히 오버된 70년대 연기스타일.

룽 끌레멩, 정말 안 갈거니?

어린끌레멩 엄마, 먼저 할머니 모시고 궁으로 가세요. 전 아빠를 기다릴게요.

룽 어쩜~ 여자애 혼자 위험하게…

할머니 그래, 네 뜻이 그렇다면야. 그럼, 사람들 붙여 놓을 테니 여기서 지내렴. 힘들면 언제라도 올라와야 한다.

어린끌레멩 네, 할머니. 두 분 건강하셔야 해요~

릉 끌레멩~ 끌레멩~ 몸조심 해야 한다~~ (할머니, 릉을 데리고 퇴장)

끌레멩 나는 바닷가 집에서 아빠를 기다리며 행복하게 살고 엄마랑 할머니는 궁에서 행복하게 지냈죠. (사이) 바닷가 마을로 사람들이 하나 둘씩 들어오기 시작했어요. 예쁜 가게들도 하나 둘 생겼죠. 제 맘에 드는 아주 근사한 카페도 만들어졌답니다. 저는 그곳에서 낮에는 차를 마시고 밤에는 춤을 췄지요.

끌레멩의 대사에 맞춰 종이무대가 세워진다. 악사들의 연주에 맞춰 춤을 추고 있는 끌레멩. 이때, 옷을 근사하게 입은 정섭이 꽃을 들고 등장한다.

정섭 하늘에서 갓 내려와 춤을 추고 계신 선녀님께 이 꽃을 바칩니다.

어린끌레멩 정말요? 감사합니다!

정섭 꼬, 실례가 안 된다면 저랑 차 한잔 하실까요?

어린끌레멩 그럼요. 좋아요.

정섭 웨이트뤼스~ (웨이트리스, 등장하여 메뉴판을 건넨다) 꼬, 퍼스트~

어린끌레멩 전 밀크티 할게요.

웨이트리스 손님께서는…

정섭 나야 이심전심, 일심동체! 꼬와 같은 걸루~

웨이트리스 네, 알겠습니다. 밀크티 2잔 준비하겠습니다.

정섭 아, 웨이트뤼스~ 여기 있는 손님들께 모두 밀크티 한잔 써비스~ (지폐뭉치를 꺼내며) 여기 이 아름다운 꼬가 돌리는 거라고 하구~ 나머지는 팁!

웨이트리스 네, 감사합니다. 예에~ 아싸아~

어린끌레멩 어머, 이런 친절을! 정말 감사해요. 저기…

정섭 (입술에다 손가락을 갖다 대며) 음~ 너무 빨리 반하지 마세요. 천천히~ 천천히~ 전 데이비드 정섭이라고 합니다.

어린끌레멩 데이비드 정섭?

정섭 아임 코리언! 따이한입니다. 따이한 정섭!

어린끌레멩 따이한! 저희 아빠도 따이한이에요!

정섭 오마이지져스! 이럴 수가! 어쩐지 당신에게 끌린다고 했어요. 당신 역시도 절반은 나랑 같은 따이한!

어린끌레멩 네, 맞아요!

정섭 우리 인연은 단군할아버지 때부터 시작된 거였군요!

어린끌레멩 산타… 할아버지요?

정섭 (크게 오버해서 웃으며) 핫핫핫! 뭐 비슷한 분 계십니다. 아무튼 우린 인연이로군요!

어린끌레멩 그런가요?

정섭 당신의 이름은?

어린끌레멩 끌레멩!

23

정섭	오, 끌레멩! 끌레멩타인?

분위기 있는 음악이 흐른다. 두 사람, 눈을 마주치고 부끄러운 듯 조심스레 가까워진다.

정옥	션징삥!

갑자기 음악이 멈추고 조명이 바뀌면서 현실이 된다.

혜진	뭐다냐?
정옥	헛소리!
수희	연길언니…
정옥	연길이라 부르지 말라! 타마더! 왕빠딴!
제시카	(어느새 다가와 함께 듣다가) 왜 그래~! 얼마나 낭만적인데~ 자기는 낭만이 없어~
혜진	워매~ 너는 그냥 찌그러져 있던가 하지 뭐땀시 중간에 끊냐잉!
정옥	너네 없이 보고 얼레부끼 하는 거 안 보이간?
혜진	(일어서며) 시방 뭐라 했냐?
정옥	(비웃으며) 또 맞고 싶나?
혜진	워매~ 이거 보내버리고 독방 가버릴까 어쩌까잉?
끌레멩	내가 괜한 얘기 해서. 이상해요 분위기. 미안해요.
혜진	아야 월남아, 너 땀시 아니다잉. 미안해하지 말어야~

수희 그래, 월남아. 너 때문이 아냐.

제시카 돈 워리~ 돈 워리~ 릴렉스~ 릴렉스~

갑자기 문이 열리고 영숙 꾸러미를 들고 들어온다.

영숙 나 왔다~! 사식 들어온 거 가져왔으니까 같이 먹자. (이상한 분위기를 파악하고) 무슨 일들이야? (다들 침묵. 정옥, 피식 웃는다) 연길, 또 너냐? (정옥, 영숙을 잠시 노려보다가 외면한다) 좋든 싫든 어차피 몇 년씩 같이 지내야 하니까 마음 트고 웃으면서 지내자. 응?

정옥 (여전히 다른 곳을 보며) 내는 니들하구 웃고 싶지 않다. 얼굴도 시커먼 벨게 다 와서 이래라 저래라 지껄여?

영숙 에휴…

끌레멩 언니, 미안해요. 나 때문예요. 내가 괜한 얘기해서.

제시카 아냐~ 괜한 얘기라니~ 그리고! 우리 공주들은 죄송하다 미안하다 안 하는 거야.

혜진 짱깨! 너 대글빡 조심해라잉. 잠 자다 영원히 안 깨는 수가 있응께.

정옥 니나 조심하라. 돼지색기처럼 암데나 디비져서 누가 화장실 가다 실수로 콱 밟아놀 수 있다. 더 시끄럽게 놀지 말라.

혜진 위매~ 시상에! 이 잡것을 그냥! (끌레멩, 영숙 무릎에 누워 나지막이 노래를 흥얼거린다) 또냐?

수희   그러게요~ 근데요, 언니. 끌레멩 노래를 들으면 차분해
져요.

혜진   옘병~ 또 안정제 놓네…

모두 가라앉는 기분. 다들 축 늘어진다.

〈암전〉

5. 노숙자, 승국 2 - 현재, 길

이리저리 뒤지는 승국. 지나가는 사람들이 힐끗힐끗 쳐다본다.

승국   (중얼중얼) 이런 써글 것들! 뭘 쳐다봐! 구경 났어? 병신 처음 봐? 이러니 통일이 안 되는 거야. 이 더운 날씨에 그렇게 붙어 다니면서 에어컨 안 나온다고 항의는 왜 해? 난 어차피 시베리아 한복판에 떨어져도 눈 퍼먹으며 잘 살아갈 테니까 그딴 식으로 쳐다보지 말아, 잡놈들아. (앉아서 쉬려고 한다)

목사   (지나가다 승국을 발견하고) 오, 할렐루야! 형제여!

승국   (황급히 일어나며) 네네, 목수님! 네.

목사   목수가 아니라 목사입니다. 하기사 예수님도 목수일을 하셨으니 영광이네요. 하하하. 폐지를 모으고 계셨나 봐요?

승국   아, 네. 뭐 찾을 것도 있고 심심해서 겸사겸사…

목사   좋습니다! 이 봉사정신과 희생정신! 다른 형제들이 본받아야 합니다. 어려운 이웃을 위해 헌신하여 폐지를 줍는 이 모습! 하나님께서 큰 축복을 내려 주실 겁니다!

승국   뭐 이웃이라기보다 저를 위해…

목사   기도합시다! (승국의 손을 잡고 기도한다) 하나님 감사합니다. 여기 주의 어린 아니 조금 나이든 양, 이름이 뭐랬죠? 양승국 형제를 보살펴 주셔서 캄사합니다. 지난날의 과오를

청산하고 몸이 불편한 가운데서도 열심히 살고 있는 이 어린 아니 조금 나이든 주님의 양, 승국형제가 이웃을 위해 팔을 걷어붙여 폐지를 줍고 있습니다. 이 아름다운 손길에 더욱 축복을 내려 주시고 힘을 주셔써! 더 많은 양의 폐지를 주워써! 우리 구순례 할머니 집 마당에 가득 쌓이게 하는 역사를 이 형제를 통해 이루어지게 하소서! 주 예쑤의 이름으로 기도 드리옵니다 아~~~멘! 승국형제님, 감사합니다. 제가 대신 이 폐지를 구순례 할머니께 전달해 드리겠습니다. 할렐루야~!

승국   아니, 그게 제가… 모은 건데… 아직 밥을… 그거 팔아서… 밥… 그거…

목사   (가다가 뒤돌아서) 아, 오늘 주간급식 날이니까 교회로 가셔서 배식 좀 도우시고 같이 식사 하세요. 식사기도 하는 거 잊지 마시구요~ 할렐루야! (퇴장)

승국   (가는 뒷모습을 보고 인사하다가) 젠장…

승국, 다른 길로 가려다가 꼬르륵거리는 배를 의식하고 발길을 돌려 교회로 향한다.

〈암전〉

6. 사연 있는 여자들 – 현재, 교도소

끌레멩, 작은 불빛에 의지해 뭔가를 쓰고 있다. 정옥의 기침소리.

끌레멩 언니 괜찮아요? 어디 봐요.

정옥 (끌레멩의 손을 뿌리치며) 이거 놓으라!

끌레멩 물. 마실래요?

정옥 됐다. (기침하는 정옥, 끌레멩이 물을 가져다 줘서 마신다. 사이) 졸리지 아이 하나? 이 시간까지 무시게 해?

끌레멩 편지 써요.

정옥 (끌레멩을 물끄러미 바라보다가) 니 끌레멩이라 했지? 요기 왜 들어왔어?

끌레멩 (당황하며) 강… 강도 죽였어요. 집에 들어온 강도… 우리 남편 죽고…

정옥 그랬군. (사이) 서방 정말 좋은 사람이야?

끌레멩 (작심한 듯) 그럼요~ 용돈 많이 주고, 학교 배워 주고, 엄마한테 잘 하고… 힘들다면 마사지 해주고… 너무 잘 해줬어요.

정옥 좋은 한국 남자도 있네.

끌레멩 그럼요. 좋은 사람 많이 많아요.

정옥 (생각에 잠기며) 하긴 그 사람도 그때는 친절하고 매짠 사람이었어.

끌레멩 그 사람요?

정옥 낸 중국 국가대표 태권도 선수였고 그 사람은 한국에서 온 코치였지. 선수자격 박탈까지 해가며 사랑했고 한국까지 따라 왔는데… 화이딴… 그 새끼는 유부남이었어. (초인종 소리가 나면 일어서면서 앞치마를 두른다) 누구시죠?

부인 댁은 누구시죠?

정옥 이 집 주인입니다.

부인 승호아빠 어디 있어요?

정옥 승호아빠라니요?

부인 이형준.

정옥 제 남편은 왜 찾으십니까?

부인 두 눈 시퍼렇게 뜨고 있는 처자식이 살아있는데 바람을 펴?

정옥 아즈마이 무슨 일이십니까?

부인 야 이 화냥년아! 네가 우리 남편 꼬셨지?

정옥 아즈마이 말이 지나침다.

부인 오호라~ 말투를 보니 연변년이네. 너 조선족이지? 이 개잡놈! 중국 가서 생활하면서 지 버릇 못 고쳤구만. 너 당장 가자 경찰서로! 내가 니네 년놈은 감방 가서 콩밥 좀 먹어야 돼!

정옥 아즈마이 이거 놓으십쇼. 이거 노라 말임다.

부인 못 놓는다 이년아! 이 조선족년이 뭘 잘했다고 노라마라야!

30

옥신각신하다 정옥, 부인을 발로 밀어버린다. 부인 외마디 비명.

정옥   잠시 후 경찰들이 왔고 낸 현행범으로 잡혔어. 남편은, 내를 스토커 조선족 여자라고 증언 했고… (사이) 아무도 내 편이 없었어. (다시 기침을 한다)

끌레멩   괜찮아요? 물 더 드려요?

정옥   일 없어.

수희   (어느 틈엔가 일어나) 언니가 불쌍해요. 난 그런 줄도 모르고 무서워하기만 했네.

영숙   (돌아누우며) 여기. 그런 사연 하나 없는 년 없다.

혜진   (주전자의 물을 마시며) 그라재잉. 나도 꽃뱀 꽃뱀 하지만 사실 그건 기부앤 테이크아웃이지라. 나는 사랑을 주고 남자들은 돈을 주고~

영숙   (혜진을 흉내내며) 난 니가 꽃뱀이었다는 게 허벌나게 안 믿겨번져야잉~

혜진   위매, 성님! 성님이 몰라서 그라재~ 내가 한 요염 안하요 ~ 오빠앙! 비똥가방 사주세염~

영숙   아나~ 똥이다~

제시카   (잠꼬대) 승기야~ 오늘은 나 말고 다른 손님 받지마. 나 돈 많아. 지갑 사줄까? 구두 사줄까? 말만 해~ 내가 다 사줄게~ (코를 곤다)

혜진   웜마웜마웜마~ 월매나 수술을 많이 했으면 눈을 지대로 못 감을까잉? 선수들헌티 그렇게 당하고도 꿈속에서도 정신을 못 차렸어야.

수희 당한 사람이 나쁜 게 아니고 행한 사람이 나쁜 거잖아요.

혜진 잉?

수희 그렇잖아요. 당한 사람이 피해자인데 오히려 사람들은 당한 사람들한테 손가락질을 해요. 꼬리를 쳤다느니 맞을 짓을 했다느니…

혜진 아니, 내 말은 그런 뜻이 아니고…

수희 그래서… 당했는데도 불구하고 죄인처럼 숨어 지내야 해요. 눈을 감으면 사람들의 웅성거림이 들리고 손가락들이 보여요. 거리를 걸으면 사람들이 다 똑같아 보여요. 하나의 얼굴로 보여요. 그래서 다시 어둠 속으로 숨어야 해요. 그 사람들이 나를 이렇게 만든 거예요. 그 사람들이… 그 사람들이… 나빠요. (울먹인다)

학원생 (등장하면서) 센세이! 아이! 아이시떼루!

수희 혼또! 혼또데스까?

학원생 혼또! 혼또데스! 이빠이 아이시떼루! 나는 선생님 좋아해요!

수희 날 사랑해요? 혼또?

학원생 이빠이 사랑한다니까요! 에잇 (수희를 덮친다) 〈암전〉 아이씨 왜 이렇게 안 벗겨지지?

수희 그렇게 나를 사랑한다 해놓구 자기 여자친구를 데리고와? 빠가야로!!

학원생 들어와. 들어와 (여자친구를 데리고 온다)

수희	누구?
학원생	센세이 소개시켜드릴게요. 제 여자친구. 오늘부터 센세이 강의를 같이 들을 겁니다.
수희	여자친구? 나… 는?
학원생	센세이시죠. 제가 사랑하는 센.세.이
수희	사랑하는 센.세.이?
학원생	도조 요로시쿠 제 여자친구.
수희	(부들부들 떨다가 돌아보며) 빠가야로! (병을 들고 내리치며 암전) 나빠!

다시 불이 들어오면 수희, 울먹이고 다른 사람들 위로한다.

영숙	(수희를 토닥이며) 그래 그래. 나쁜 새끼!! 잘했어! 잘했어! 그런데 아직 세상에는 좋은 사람들도 많아. 우리가 잘못 만난 거지. 우리 월남이 남편 봐봐 얼마나 멋져! 그렇지?
끌레멩	(살짝 당황하며) 그럼요. 얼마나 멋졌는데요. 친절하고 자상하고…
혜진	우리 월남이가 복덩이지. 이쁘지 착하지 춤도 잘 추지. 우리헌티 춤도 갈챠줘서 우리 장기자랑 1등도 하고~ 내가 남편이래도 월남이 받들고 살겠다.
끌레멩	나… 남편요? (끌레멩, 표정 어두워진다) 〈암전〉

무희 릉이 나와 혼자 춤을 추다가 멈춤.

서서히 꿈으로 바뀜.

〈암전〉

7. 끌레멩, 정섭을 만나다 – 2006년, 베트남 레스토랑

국제결혼 맞선 자리가 벌어지고 있다. 한국 남자들이 앉아 있고, 맞은 편에 베트남 아가씨가 앉아 있다.

마담 그럼, 배 사장님이랑 호야는 장소 이동해서 상견례랑 결혼식 진행할게요.

정섭 뭐야? 마담, 나는?

마담 송 사장님 파트너 튀니는 조금 사정이 생겨서…

정섭 뭐야, 나 가지고 노는 거야? 온다면서 왜 안 오는데?

장팔 정섭씨 조금만 더 기다려 보자구. 아가씨가 무슨 사정이 있다잖여~.

정섭 다른 사람들은 다 이렇게 이어주고 나만 생깐다 이거 아냐~

장팔 아녀~ 딱 10분만 더 기다려 보자구. 응?

정섭 나 그 여자 안 볼 거니까 다른 여자로 불러. 날 물 먹여? 빨리 데려와!

장팔 알았어. 알았어. 진정 좀 하고 있어봐. (마담을 한쪽으로 데려가) 아니, 이게 어떻게 돌아가는 겨?

마담 (속삭이듯) 튀니가 저 사람이랑은 죽어도 결혼하기 싫다잖아요.

장팔   그럼, 다른 아가씨라도 데려와야 하는 거 아녀?

마담   이 시간에 갑자기 어디서 데려와요?

장팔   에휴, 좀 알아보기나 하라구. 저 송가 성격이 장난이 아니여… (마담 퇴장)

정섭   (옆에서 닭살 떠는 배사장 커플을 보며) 여기 물 좀 더 줘! 어이~! 짜다!

끌레멩, 정섭에게 냉차를 가져다 준다.
뚜이, 헬멧을 들고 등장한다.

뚜이   끌레멩!

끌레멩   응, 벌써 왔어?

뚜이   언제 끝나?

끌레멩   좀 늦어질 거 같은데? 그냥 먼저 가.

뚜이   아냐, 시장에서 죽치다 시간 맞춰 올게.

끌레멩   (정섭 테이블을 의식하며) 그냥 먼저 가.

뚜이   의리 뚜이가 의리도 없이 먼저 갈 친구냐? 근데, 저기 뭐 하는 거야?

끌레멩   몰라. 한국사람들이래.

마담, 어두운 얼굴로 들어온다.

끌레멩   (마담을 잡으며) 무슨 일이에요?

마담	한국남자랑 선 보는 자리인데, 아가씨 한 명이 모자라네.
끌레멩	한국이요? 그럼, 결혼해서 한국 가는 거예요?
마담	그렇지. 결혼수속만 끝나면 바로 갈 수 있지. (끌레멩을 주의 깊게 보다가) 아가씨, 관심 있어? 그럼, 우리 좀 도와줘. 내가 사례는 충분히 해줄게.
뚜이	무슨 소리예요! 어떻게 모르는 사람이랑…
마담	아가씨는 뭐야? 그럼 아가씨가 대신 해줄 거야?
뚜이	그건…
끌레멩	(뚜이의 말을 자르며) 제가 할게요.
뚜이	끌레멩!
마담	그래, 잘 생각했어. 얼굴도 이쁘고 마음씨도 곱고! 그냥 오늘 하루만 눈 딱 감으면 몇 달 월급 벌 수 있을 거야! 저 남자가 아가씨를 마음에 들어 하면 한국으로 갈 수도 있고…
뚜이	너 정신 나갔어?
끌레멩	나 돈 많이 필요해.
뚜이	그건 내가 도와줄게.
끌레멩	네 도움 가지고는 택도 없어. 그리고 너희 집도 가난하잖아. 뚜이, 나 한국 가야 돼. 잘하면 아빠 찾을 수도 있어. 아니, 아빠 꼭 찾을 거야.
뚜이	이 방법이 아니어도 되잖아.
끌레멩	어떤 방법? 엄마는 아파서 누워 있고, 난 돈도 없고 배운 것도 없고 재주도 없어. 이건 하늘이 주신 기회야. (마담에

	게) 어떡하면 되죠?
마담	웅, 따라와. 우선 그 앞치마부터 벗고.
뚜이	끌레멩!
끌레멩	(앞치마를 벗어 뚜이에게 주고 머리를 매만진다) 가시죠.

마담이 정섭 테이블로 끌레멩을 데려가고 정섭, 표정이 밝아진다.

끌레멩	안녕하세요. 끌레멩이라고 해요. 〈암전〉

조명 들어오면 마담의 진두지휘 아래 스텝들이 달라붙어서 분주하게 결혼식 준비를 한다. 결혼식 복장으로 갈아입고 등장하는 끌레멩, 옆에서는 정섭 계속 웃고 있다. 사진사 나와서 사진을 찍는다. 순식간에 사라지는 사람들. 그리고 정섭 음흉하게 웃고 끌레멩의 옷을 하나씩 하나씩 벗긴다.

끌레멩	아빠 찾고 싶어요.
정섭	나도 처음이야. 손 떨리는 거 보이지?
끌레멩	아빠 꼭 찾아 주실 거죠?
정섭	부끄러워 하지 마. 이제부터 우리는 부부니까.
끌레멩	엄마도 도와 주세요. (정섭의 손을 붙잡고) 우리 엄마 많이 아파요. 병 고쳐주세요.
정섭	그래, 비록 내가 집도 절도 없지만 그래도 우리 둘 밥은 먹고 살 수 있을 거야.

뚜이	(다른 한쪽에서 등장. 절규하듯) 끌레멩!
끌레멩	뚜이, 그동안 너무 고마웠어. 애들한테 라이따이한이라고 놀림 받을 때 감싸준 것도 고마웠고, 내 환상 같은 거짓말 비웃지 않고 들어준 것도 고마웠어. 나 없는 동안 우리 엄마 잘 좀 부탁해. 아빠 찾아서 금방 올게.
뚜이	끌레멩! 가지 마!
끌레멩	땀비엣, 뚜이…

〈암전〉

8. 끌레멩의 결혼생활 – 2010, 정섭의 집

맞는 소리와 우는 소리. 비명과 물건 부서지는 소리가 무대를 채운다. 중간에 장팔이 들어가려다 주춤거린다.

'구타'

정섭   거기 가면 밥을 줘 돈을 줘? 솔직히 말해! 너 누구 만나고 왔어!

끌레멩 학교 한글 배워. 안 만났다. 다른 사람.

정섭   거기 다닐 돈 어디서 났어? 내 지갑 뒤졌지?

끌레멩 꽁짜! 꽁짜! 나 한글 열심히! 나 일하고 싶어요.

정섭   거짓말 마! 니 몸에서 남자 스킨냄새가 나는데!

끌레멩 아니! 아니! 선생님 선생님 스킨!

정섭   그래? 총각 선생이랑 붙어먹나 보네? 내가 이런 꼴을 보자고 너를 데려온 줄 알아? 이 편지는 뭐야, 응? 너 베트남에 숨겨놓은 남자랑 계속 연락하지? 씨발, 어디 감히⋯ 야, 어디 가? 어디 가~!

무대 밖으로 뛰쳐 나온 끌레멩, 온몸이 상처 투성이다. 장팔과 마주친다.

장팔 또여? (끌레멩, 흐느낀다) 어쩌겠어. 우리 속담에 그런 말이 있어. '다 팔자려니 해라'(뛰쳐나가는 끌레멩의 뒷모습을 보며) 에휴, 남편 잘 못 만나⋯

정섭 (등장하며) 뭘 잘못 만나요?

장팔 아녀 아녀~ 동생 언제 나왔어? 제수씨 나가던디 또 싸웠남?

정섭 정말 저년 생각하면 형님을! 으휴⋯ 어디 저런 사기꾼 같은 년을 소개해 줘가지고. 나이도 속여~ 남자관계 복잡해~ 내가 믿고 살 수가 없수.

장팔 미안해. 그래서 내가 애프터서비스를 해주려는 거 아녀. 동생 돈도 좀 벌게 해주고. 요새 노는 거 같아 안쓰럽기도 하구~

정섭 그게 무슨 말이우?

장팔 내가 업종을 바꿨잖어. 동생도 알겠지만 작금의 현실에서의 이 비즈니스는 레드오션잉께 현 시국을 타개하려면 뭔가 다른 분야와의 콜라보레이션을 통해⋯

정섭 무슨 말인지 어려우니까 결론만 말하슈.

장팔	그니까 이혼을 하고 다시 결혼을 하라는 거지.
정섭	아니, 지금 이것도 머리 아파 죽겠는데 이혼하고 또 결혼을 하라니요!
장팔	서류상으로만 그러라는 거지~ 누가 데리고 살랬나? 바다 건너에 한국으로 오고 싶어 하는 아가씨들이 많거든! 일단, 결혼해서 입국 시키고~ 다른 데 보내고~ 실종 신고 하고~ 이혼하고~ 차암, 쉽지~ 내가 동생은 특별히 건당 500 줄게. 넉 달에 한번 꼴로만 해도 일년에 천오백이여~
정섭	천오백?
장팔	그렇다니께~ 뭐, 동생이 싫다면야 하고 싶은 사람이 줄 섰웅게 다른 사람 알아보고.
정섭	아니, 할게요. 할게요. 그런데… 에휴, 그래도 3년 동안 살 붙이고 산 마누라랑 하루아침에 어떻게 이혼해요?
장팔	아까까지만 해도 죽일년 살릴년 하더니 그래도 같이 산 정이 있는가벼~
정섭	뭐 지가 알아서 하겠지. 매일 지 애비 찾아내라~ 수술비 달라~ 일하고 싶다~ 흥! 언제부터 시작할 거유?
장팔	일단, 자네 이혼서류부텀. 끌레멩 잘 설득해서 지장 꼭 찍어야 혀?

〈암전〉

9. 끌레멩과 승국의 만남 – 2010,
카오나무 언덕

봉지 하나를 들고 오는 끌레멩, 계속 흐느낀다. 주머니에서 잔뜩
구겨진 편지를 주섬주섬 꺼내어 본다. 눈물이 계속 떨어진다. 엄
마 그림을 놓고 어설프게나마 제단을 만들어 향을 피우고 꽃을
꽂는다.

뚜이   끌레멩, 어찌 말해야 할지… 아주머니는 절대 말하지 말
랬지만 이제는 말해야 할 것 같다. 아주머니는 삼 개월 전
에 세상을 뜨셨어. 떠나면서도 끌레멩 네 걱정을 많이 하
셨지만, 한국 가서 행복하게 살고 있다는 네 편지에 안심
하며 가셨어. 좀 더 신경 써서 살폈어야 했는데… 수술도
받아보지 못하고 아주머니는… 정말 미안해… 아주머니
는 네가 살던 바닷가에 모셨어. 나중에 꼭 찾아가서 인사
드려. 아빠는 찾았고? 남편은 여전히 잘해주니? 너를 공주
처럼 받들어 준다면서? 행복하다니 다행이다. 참, 나 이번
에 한국 산업연수생 모집에 합격했어. 나 한국 가면 만나
서 못 다한 얘기를 나누자. 안녕.

계속 눈물이 쏟아지는 끌레멩. 어찌할 줄을 모른다. 감정을 주체
할 수 없다.

끌레멩 메… 메… 씬로이… 씬로이, 메. 씬로이, 메! 씬로이…
씬… 로이…

승국, 인형들이 가득한 박스 안에 누워있다가 일어난다. 울고 있
는 끌레멩을 발견한다.

승국 (귀찮은 듯) 씨발, 뭐야?

끌레멩 (눈물을 훔치며) 누구세요?

승국 왜 남의 집 앞에 와서 울어? 응?

끌레멩 아니. 안 울어.

승국 월남 아가씨인가?

끌레멩 네.

승국 쌍. 뭐가 미안한데? 뭐가 미안해서 그리 서럽게 울어?

끌레멩 벳남말 알아요?

승국 조금…

끌레멩 엄마… 죽었어요… 엄마 죽었어요.

승국 안됐네…

끌레멩 나 나쁜 년예요. 엄마 옆에 없었어요.

승국 자책하진 말아. 어차피 누구든 죽게 마련이야. (얼굴을 보며)
맞았나? (끌레멩 고개를 젓는다) 맞은 거 맞네. 남편? 흠… 어
쩌겠나 참고 살아야지. 언젠가는 대가를 치룰 거야. 나처
럼… 여기 있지 말고 얼른 집에 들어가!

승국이 퇴장하는 걸 바라보는 끌레멩.

〈암전〉

10. 카오나무 전설 – 2010,
정섭의 집 / 카오나무 언덕

다시 정섭과 마주앉은 끌레멩. 정섭 화가 많이 난 듯.

정섭　못 알아듣겠어? 자~! 끌레멩, 나, 부부. 그러니까 올웨이
　　　즈 부부! 하지만 음… 버뜨! 돈! 머니 때문에 우리 가짜
　　　로… 썅, 가짜가 영어로 뭐지? 그래, 짝퉁! 아닌데… 훼…
　　　이꾸… 맞아, 훼이꾸! 훼이꾸 이혼! 응, 언더스탠? 우리 돈
　　　마니마니 벌어. 알았지?

끌레멩　잘못했어요. 나 이혼 안 해요. 갈 데 없어요. 나 학교 안 가
　　　요. 집에만 있을게요.

정섭　그래, 알았어. 집에만 있어, 응? 아냐, 학교 가도 좋아! 여
　　　기 지장만 찍어달라고~ 응?

끌레멩　나 죽어요. 이혼 안 해요. 용서. 미안해요. 미안해요.

정섭　아, 썅! 사람 미치게 만드네~ 씨발, 학교 가서 한글 배웠다
　　　며? 왜 내 말 못 알아듣는데? 여기에 손가락만 살짝 대면
　　　된다고!

끌레멩　안 해요. 이혼 안 해요.

정섭　에이 씨! (강제로 손가락을 서류에 갖다 대고 지장을 찍는다. 반항하
　　　는 끌레멩을 때린다. 끌레멩, 쓰러진다) 나가, 이년아! 그냥 데리
　　　고 살아주려 했더니 남편한테 개겨? (침을 퉤 뱉고 퇴장. 전화

목소리) 형님, 나 도장 다 찍었으니까 얼른 진행하슈. 근데 이쁘면 데리고 살면 안 되나? 크크크. 에이, 농담이야~

끌레멩, 바닥에서 천천히 일어난다. 맨발로 집을 나선다.
조명변화
카오나무 언덕으로 가서 제단에 향을 피우고 기도를 한다.

승국   (들어오며) 꽁까이, 왔어? 오늘도 맞았나 보네.

끌레멩, 승국을 보더니 참았던 눈물을 터뜨린다. 승국, 먼 하늘만 바라본다.

승국   (사이) 이 나무 무슨 나무인줄 알지? 아가씨 고향나라에서 많이 자라는 카오나무야. 여기서 자라다니 참 희한하지. 카오나무의 전설 아는가? 옛날에, 단란했던 한 가족이 있었어. 아빠, 엄마, 어린 딸. (승국의 박스 뒤에서 인형이 하나씩 나온다. 인형극 시작) 어느 날, 전쟁이 터져 아빠는 전쟁터에 나갈 수밖에 없었지. 부인과 딸을 남겨둔 채로. 몇 년이 지나 집으로 돌아온 아빠는 딸에게 충격적인 얘기를 듣게 돼. "아저씬 우리 아빠가 아녜요. 아빤 지금 여기 없어요. 난 자기 전에 항상 아빠한테 잘 자라고 인사한단 말예요." 부인이 바람을 핀다고 확신한 남자는 화가 나서 부인을 칼로 찔러 죽이지. 그리고 촛불이 하나둘씩 켜지는 밤이 되자, 울다 지쳐 잠든 아이가 깨고. 벽 쪽을 향해 반갑게 인사를 하는 거야. "잘 자, 아빠." 남자는 놀라 쳐다봤지만, 그곳엔 커다란 그림자만 있었어. 딸아이는 그 그림자가 아빠라고 생각하고 살았던 거야. 남자가 아무리 후회하며 통곡해도 이미 늦어버렸지. 그리고 부인을 양지바른 곳에 묻어 주었어. 그 무덤에는 이름 모를 나무가 곱게 자라고… 사람들은 부인의 이름을 따서 이 나무를 카오나무라고 불렀지.

끌레멩   카오나무…

승국   (사이) 뒤늦게 후회해봤자 이미 늦은 거야. (심하게 기침한다) 젠장… 꽁까이, 어서 들어가. 남편이 화낼라.

끌레멩   조금만 있다가요. (꼬르륵 소리)

승국   밥도 못 먹고 다니는 거야? (주머니에서 삼각김밥을 꺼내며) 이거 하나 먹어. 유통기한은 지났어도 먹을 만 할 거야. 유통기한이라는 거 웃긴다니까. 11시 59분 59초까지는 먹어도 되는데 12시 땡 지나자마자는 먹으면 안 되는 건가? 그 1초 사이에 삼각김밥이 무슨 마법에서 풀리는 건가? 찝찝하게 생각하지 말고 어여 먹… (이미 한 개를 거의 다 먹어가는 끌레멩. 승국, 아쉽지만 남아있는 김밥 한 개를 마저 준다)

끌레멩   깜언. (다른 한 개도 허겁지겁 먹는다)

승국   젠장… 그러니까 들어가랬지. 자, 이 물도 마시고… (기침한다)

끌레멩   아저씨 많이 아파?

승국	아냐. 별거 아냐.
끌레멩	아저씨 가족 없어?
승국	나 같은 놈한테 가족은 무슨… (한숨을 쉬듯 노래를 흥얼거린다) 넓고 넓은 바닷가에…
끌레멩	(자기도 모르게 따라 부른다) 오마싸리 지바째…
승국	이 노래를 알아?
끌레멩	어? 아는 거 같아요. 나 어릴 때… 바닷가에서… 아니, 학교서 배웠나? 잘 모르겠다.
승국	그래?
끌레멩	아저씨 이 노래 배워줘요.
승국	됐어. 집에나 들어가.
끌레멩	알고 싶어요. 배워줘요. 널꼬 널꼬 바다까… 바다까…
승국	바닷가에…
끌레멩	바다까예
승국	오막살이 집 한 채…
끌레멩	오마싸리 지바째…
승국	고기 잡는 아버지와…
끌레멩	(승국을 물끄러미 바라보다가) 깜언! 아저씨…

승국, 익숙하지 않은 옅은 미소를 보인다.

〈암전〉

11. 살인자, 끌레멩 – 2010, 정섭의 집

뚜이가 등장한다. 종이를 보며 두리번거린다.

뚜이　씬짜오? 씬짜오?

정섭 한 손에 소주병을 들고 등장하며 이 모습을 유심히 지켜본다.

정섭　누구슈?

뚜이　안녕하세요. 나 뚜이. 벳남에서 왔어요.

정섭　아! 베트남? 서류 접수한 지 반나절도 안됐는데 빨리 왔네? 웰컴! 웰컴!

뚜이　(환히 웃으며) 깜언! 고맙습니다.

정섭　여기 앉아. 앉아. 아, 이럴 게 아니라 차라도 내와야 하는데. 음… 저스트… 저스트 모… 잠깐 기다려. 먹을 것 좀 가져올게. 냠냠? 응? (퇴장)

뚜이　끌레멩, 네가 말한 것처럼 남편 정말 친절하구나. 근데 집에 없나? 어디 간 거지?

정섭　(쟁반에 과일을 담아 오며) 집에 과일밖에 없네. 이거라도 들어요. 응?

뚜이　깜언. (뚜이, 서툴게 칼질을 하는 정섭에게 과일과 칼을 받아서 깎는다)

정섭 아유, 과일도 잘 깎네… (사이) 흠흠… 아 이거 처음 만나니까 좀 쑥스럽네. 얼굴도 빨개질라 하고. 흠… 뭐 우리가 서류상이긴 하지만 오늘부터 부부… 오늘이 첫날…

뚜이 근데 끌레멩은 어디 갔어요? 깜짝 놀라게 해주려고 했는데. 끌레멩이요. 끌.레.멩.

정섭 어, 끌레멩? 장팔형님도 참 별 얘기를 다 하셨네. 아… 끌레멩이랑은 이혼했어. 서류상으로 깨끗하니까 아가씨는 아무 걱정 안 해도 돼. 하하. 아까 하던 얘기로 돌아가면 우리가 서류상 부부이긴 하지만… 뭐 부부는 부부니까…
(점점 뚜이에게 다가간다)

뚜이 (긴장하며) 네…? 끌레멩… 어딨어요?

정섭 (점점 흥분하며) 걔는 집 나갔으니까 걱정 말고. 여긴 우리 둘 뿐이야. 우리 둘이 잘 맞으면 그냥 이혼 안 하고 같이 살 수도 있는 거고… (뚜이의 몸에 손을 댄다)

뚜이 (손을 쳐내며) 왜… 왜 이러세요? 끌레멩 불러주세요.

당황한 뚜이, 도망가려고 하지만 정섭이 막아 선다.

정섭 (미쳤다) 이리 와 아가씨~ 남편 말 잘 들어야 사랑 받지~

정섭이 뚜이를 덮치고, 빠져나가려는 뚜이와 급기야 몸싸움이 벌어지는데 뚜이가 옆에 있던 칼로 정섭을 찌른다. 정섭 윽 하더니 그대로 쓰러진다. 이때, 끌레멩 등장. 끌레멩, 이 장면을 정지 상태로 목격한다.

뚜이　　　_끄… 끌레멩!_

끌레멩　　이게 무슨 일이야?

뚜이　　　끌레멩! 내… 내가…

끌레멩　　말하지 마, 일단 도망가자. 짐 챙길게. (안으로 들어가서 짐 몇
　　　　　　가지를 들고 나온다)

정섭, 지나가는 끌레멩의 발목을 낚아챈다.

끌레멩　　꺄악!

정섭　　　씨발… 어쩐지… 둘이 아는 사이였…

뚜이　　　끌레멩…

끌레멩　　뚜이, 너 먼저 가. 빨리!

뚜이　　　안 돼, 같이 가!

끌레멩　　말 들어! 같이 도망치다 둘 다 잡혀!

뚜이　　　끌레멩!

끌레멩　　빨리 나가! 뚜이!

밖에서 웅성거리는 소리가 들리자 뚜이, 머뭇거리다가 급하게 빠
져 나간다.
끌레멩, 정섭의 손을 풀려고 노력하지만 쉽지 않다.

정섭   흥… 어딜… 가려고… 못 가…

끌레멩 놔줘! 이거 놔! 나 가야 돼! (정섭, 끌레멩을 더욱 꼭 붙잡는다)
놔! 너 싫어! 아빠 찾아야 돼. 가야 된다고~!! 놔! 놔~!!

정섭은 더욱 매달리고 흥분한 끌레멩 옆에 있는 칼로 정섭을 찌
른다. 한 번 두 번 세 번 네 번… 절규하는 끌레멩. 경찰차 소리
점점 커지고

〈암전〉

12. 끌레멩의 꿈 – 현재, 교도소

탑 조명이 커지면 실루엣.

소리1 　피고인이 초범이고, 범행을 모두 자백하고 있는 점을 감
　　　안하더라도, 이 사건 범행은 피고인의 지속적인 외도 및
　　　잦은 가출로 인하여 이혼에 이르렀음에도 이에 불만을 품
　　　고 흉기를 이용하여 전 남편인 피해자를 계획적으로 살해
　　　한 것으로서 그 죄질이 매우 무겁다고 할 것입니다. 이에
　　　형법 제250조 제1항을 적용하여, 피고인에게 징역 15년
　　　을 선고합니다.

소리2 　숨겨둔 남자랑 만나는 걸 송 씨가 봤나 봐. 그걸 들키니까
　　　찔러버렸대. 5군데나. 아유, 무서워. 어쩜 살 붙이고 산 남
　　　편한테 그래. 지네 나라 사람이어도 그랬을까?

소리3 　죽은 송 씨만 불쌍하지. 평소에도 우리 마누라 우리 마누
　　　라 하면서 얼마나 챙겼어? 몇 달 일 쉬느라 돈 못 벌어오
　　　니까 집에서 바가지를 무진장 긁어댔다고 하더라고…

소리4 　읍내 노래방에서 저 여자 도우미로 일하는 거 본 사람이
　　　있다더라. 남자를 그렇게 좋아했대요. 저거 봐, 얼마나 색
　　　기가 흘러. 남편 잡아먹을 만 하지… 여우같은 년…

서서히 조명변화.

끌레멩   잘못했어요. 잘못했어요. 벳남으로 보내주세요.

꿈을 꾸는지 허공에 손짓하는 끌레멩. 영숙이 깨운다.

영숙   끌레멩, 괜찮아? 괜찮아 끌레멩?

화들짝 깨어나는 끌레멩. 주위를 두리번거린다. 정옥도 일어나 있다.

정옥   (물을 갖다 준다) 물 마시라.
끌레멩   고마워요.
영숙   꿈 꿨구나.
끌레멩   네.
정옥   무서운 꿈?
끌레멩   네.
정옥   하지만 악몽보다 현실이 무서울 때가 많지. 악몽만 꾸는 게 차라리 나을지 몰라.
영숙   너 제법이구나? 그런 말도 할 줄 알고.
끌레멩   언니들…
영숙   응?
끌레멩   잘해줘서 고마워요.
영숙   고맙긴.
끌레멩   나 사실 좋은 사람 아녜요.

영숙	세상에 좋은 사람 나쁜 사람 누가 나눌 수 있겠어. 다 상황이 그렇게 만드는 거지.
끌레멩	언니들… 나 사실…
정옥	말하지 말라. 졸릴 텐데 퍼뜩 자라.
영숙	그래, 이번엔 좋은 꿈꾸고.
끌레멩	깜언, 언니들.
정옥	잘 자라.

영숙, 끌레멩을 토닥거려준다. 금새 잠이 든 끌레멩.

| 영숙 | 정옥아. (정옥, 영숙이 다정하게 부르자 살짝 당황한다) 너는 조선족이라 차별을 받았다고 했지? 그래도 네 외모는 완벽한 한국사람이야. 나나 이 끌레멩 같은 경우는 말야. 아무리 노력해도 반쪽 한국인일 수밖에 없어. 깜둥이, 튀기, 코피노, 라이따이한… 난 한국에서 태어나고 한국에서 자랐는데도 혼혈이라는 이유로 평생 차별을 받으며 살았어. 앞으로도 계속 따라다닐 꼬리표라는 거지. (사이) 아버지를 찾아 멀리 온 끌레멩, 사랑하는 이에게 버림받은 너, 여기 수희도 그렇고 제시카 이년도… 사람들한테 상처받은 갈 곳 없는 이방인들이네. 아, 혜진이는 좀 독특한 케이스다. 어떻게 얘가 꽃뱀을 했지? (혜진, 다리를 벅벅 긁는다) 아무튼… 너 혼자 모든 시련을 다 짊어진다고 생각하지 마. 우리 다 똑같이 상처 입은 사람들이니까. 그러니 벽을 안 만 |

들었으면 좋겠다. 벽은, 이 교도소 콘크리트 벽 하나만으로도 충분하니까…

정옥　(말을 못하다가 멋쩍은 듯 한마디) 매짠 척은…

영숙　(자리에 누우며) 자라! 참, 내일부터 우리 연습이니까 생각있으면 너도 같이 하자. 끌레멩이 얼마나 춤을 잘 가르쳐준다고! (사이) 근데, 매짜다는 게 뭐냐?

정옥　(슬몃 웃으며 자리에 눕는다) 수희한테 물어보면 돼잖슴까.

영숙　(자리에서 일어나서) 욕은 아니지, 응?

〈암전〉

13. 베트남공주 이야기팀 – 현재, 교도소 강당

재소자들이 서 있다.

교도관1　여러분도 알다시피 우석교회와 밥 나누는 봉사단 주최로
열리는 다문화가정 및 사회 소외자 초청행사에 우리 재소
자 팀이 함께 하게 된다. 내부 예선을 거쳐 뽑힌 두 팀, '베
트남공주 이야기'팀과 '다솜중창단' 팀이 나가게 되니까
열심히 연습해서 교도소의 명예에 누를 끼치지 않길 바란
다. 연습시간은 2시간이다. 자, 실시!
전체 실시!

교도관2, 달려 와서 교도관1에게 귓속말을 한다.

교도관1　뭐, 없어졌다고? 탈옥이야? 비상 걸어. 아니, 그 전에 먼저
이 근처 좀 찾아봐. (교도관2, 서둘러 나간다) 영숙 씨, 그 방에
전정옥 있지?

영숙　네.

교도관1　어제 무슨 일 있었어?

영숙　네? 아니, 없었는데요.

교도관2, 정옥을 결박해서 끌고 온다.

교도관2 이 앞에서 얼쩡거리는 걸 잡았습니다.

영숙 아… 아~! 교도관님! 제가 깜빡 하고 말씀을 못 드렸습니다. (정옥을 챙긴다) 오늘부터 같이 하기로 했거든요. 춤 잘 춘다고 해서… 줄 맞춰서 잘 따라왔어야지!

교도관1 (미심쩍지만) 그래? 다음부터는 안 봐준다. 잘해봐. (교도관들 퇴장)

영숙 넵! 앞으로는 주의하겠습니다. 감사합니다. 충성! (일행에게 정옥을 데려가며) 여기 누가 왔는지 봐라.

제시카 어머~! 이게 누구야~! 우리 터프걸 연길, 아니 정옥 언니 아냐~~

수희 와~ 정옥 언니 나왔다~ 언니!

끌레멩 언니!

혜진 웜매~ 혼자 똥폼 다 잡더니만 나와부렀네잉? 나가 그렇다고 꿈쩍할 거 같냐? 난 그렇게는 못 하고… (사이. 정옥을 펑펑 토닥이며) 허벌나게 환영해불재이~

정옥 (혜진을 떼어내며) 내가 하고 싶은 게 아이라 머릿수 맞춰주러 나온 거다.

혜진 끝까지 가오네~ 알겠어요, 대글빡수 맞챠줘서 고마워요잉?

정옥 (끌레멩을 보며) 나… 잘 못하지만 잘 배워주라. 네 꿈같은 얘기에서 같이 놀아보자.

제시카 춤은 나한테 배우라규! 공주춤 배워줄까? (밸리댄스 같은 춤
을 춘다)

다들 제시카를 무시하고, 분주하게 춤을 배우는 모습. 정옥은 따
라 하지 못하고 우스꽝스러운 자세를 취하기도 하고 넘어지기도
한다. 혜진이가 깔깔대고 웃자 일어나서 발차기를 보여주는 정옥.
즐겁게 춤을 배우는 사람들.

〈암전〉

14. 베트남을 그리는 승국 – 현재, 카오나무 언덕

용명 되면, 끌레멩 엄마의 제단에 새 꽃이 꽂혀 있다. 박스 안에서 승국이 멍하니 끌레멩 엄마의 그림을 보고 있다. 완전히 폐인이 된 모습.

장팔 양씨 뭐 하슈? (승국, 아무런 말이 없다) 내가 말한 거 생각해 봤어? 지장 한번 찍고 이백만 원 받으면 어디 여인숙에서라도 편히 쉴 수 있을 거 아녀.

승국 안 한다니까…

장팔 참 어리석네~ 어차피 딸린 식구도 없다며 뭐 그리 비싸게 굴어~ (승국, 기침을 하고 각혈을 한다) 쯧쯧쯧 완전 산송장이네. 좋아, 사정이 딱하니께 내 오십만 원 더 얹어 이백오십 줄게. 나도 더 이상 남는 게 없어~

승국 돈 안 받을 테니, 내가 원하는 여자로 데려올 수 있나?

장팔 원하는 여자? 어디서?

승국 베트남.

장팔 (받아 적을 준비) 그 여자 주소는?

승국 몰라, 그냥 바닷가야.

장팔 이름은?

승국 룽.

장팔 성은?

승국 몰라, 그냥 룽이라고만 불렀어.

장팔 하! 서울서 김 서방 찾는 게 더 쉽겠네? 베트남 그냥 바닷가 룽 뭐시기를 찾아서 데려 오라고? 그래 그래… (수첩을 팍 닫고) 양씨는, 평생 그 더러운 인형들 껴안고 이런 길바닥에서 뒹굴면서 살라고… 에잉, 퉤!

장팔, 퇴장하면 승국은 다시 제단을 바라본다.

〈암전〉

'노숙자 승국'

15. 다시 만난 끌레멩과 승국 – 현재,
교회 앞뜰 행사장

용명 되면, 사람들 분주한 모습. 목사가 사람들을 맞이하고 교도
소장 등장.

교도소장   아, 김 목사님!

목사   소장님, 할렐루야~ 함께 해주셔서 감사합니다.

교도소장   별 말씀을요. 이런 활동들이 재소자 갱생에 있어 도움도
되고, 또 재범을 방지하지 않겠습니까?

목사   외국인들도 있다면서요?

교도소장   네, 요즘 이주여성들이나 유학생들이 많아져서요.

목사   다들 무사히 형기 마쳐서 나오기 바랍니다. 출소하면 저
희 단체에서 도와드릴 수 있는 부분은 적극 도와드리겠습
니다.

교도소장   지금도 충분히 도와주시면서 뭘 그러십니까?

교도관2   소장님, 잠시… (귓속말)

교도소장   아, 그럼 전 실례하겠습니다. (교도관2와 함께 퇴장)

목사   네, 이따 뵙겠습니다.

김씨   (승국과 등장하며) 목사님!

목사   오~! 오셨습니까?

김씨   제가 가서 이 친구도 데리고 왔습니다.

목사	할렐루야~ 승국 형제! 어디 많이 아프신가요?
승국	(힘없이) 아닙니다. 괜찮습니다.
목사	공연 즐겨주시고 이따 같이 기도 합시다. 김 집사님, 잠깐 같이 가시죠. (김 씨와 퇴장)
교도관1	자, 천천히 들어가라 줄 맞춰서!

재소자들, 분장한 상태에서 일렬로 들어가고 있다.

승국	(행렬 중에 끌레멩을 발견하고) 꽁까이…?
끌레멩	아저씨? 카오나무 아저씨?
승국	꽁까이가 왜 여기에?
교도관1	일반인들과 말 섞지 마라! 얼른 준비해.

끌레멩, 반가운 눈빛으로 승국을 쳐다보다 무대로. 승국, 의아한 표정. 장팔이 등장한다.

장팔	이게 누거? 산송장 다 된 줄 알았는디 여그까정 왔네~ (승국이 대답 없이 한쪽을 보자 그 시선을 따라 보며) 어, 저그 끌레멩 아녀? 잉~ 감옥 가서 잘 살고 있나 보네.
승국	끌… 레멩? 지금 끌레멩이라고 했어?
장팔	내가 결혼 주선해준 베트남 여잔데, 정부랑 짜고 지 서방 죽인 년이여. 착한 줄 알았는데 독종이여 독종.
김씨	(등장) 아, 장팔이 왔어? 안 그래도 목사님이 찾으시네. (승국

에게) 동생은 저기 앉아서 봐.

김씨와 장팔 퇴장. 승국은 객석에 앉는다. 〈암전〉 어둠 속에서 살짝 음악이 흐르고 용명 되면 천천히 몸을 흔드는 무희들. 어설픈 의상. 베트남 전통음악에 맞춰 춤을 춘다. 잘 못 춘다. 끌레멩이 무대 중앙으로 나와 마이크 앞에 선다.

끌레멩   (떨며) 나 어린 시절 이야기 할까요? 나 벳남 탕롱 리 공주 입니다.

무희가 끌레멩에게 왕관을 씌워준다. 이후 끌레멩의 대사에 맞춰 무희들의 엉성해서 재미있는 쇼가 펼쳐진다.

끌레멩   (긴장했다) 빨주노초파보 무지개색 잎 위 이슬, 탕롱 아침 시작돼요. 악사들 연주해요. 파라눙, 사라나이. 12개색 새와 천사 옷 댄서들 춤 취요. 리타이또 황제랑 황후랑 손잡고 걸어요. 백… 백성들 화목립 흔들어요. 어느 날, 질투하는 이웃나라 벳남에 총 쏴요. 폭탄 쏴요. 전쟁 시작돼요. (커다란 폭격음. 비행기 소리) 리 29대 쫑손 외할아버지랑 마마랑 공주랑 전쟁 피해요. 탕롱 떠나요. 푸꾸옥섬 바닷가 가요. 푸꾸옥섬도 전쟁해요. 할아버지 전쟁 나가고 죽어요. 외할머니 엄마 둘만 남아요…

어느새 무희들 하나 둘 퇴장. 끌레멩, 천천히 구석으로 이동.

〈극중극 3 끌레멩이 그리는 어린 시절〉

교훈적인 만화영화 느낌. 할머니가 바구니를 매고 나오면, 릉이
뒤따라 나온다.

릉　　　 엄마… 바다 나가세요?

할머니　 에휴, 전쟁이 언제 끝나게 될지 모르겠구나.

릉　　　 그들은 아직도 우리를 찾아다니고 있겠죠?

할머니　 그렇겠지. 하지만 절대 잡힐 순 없다. 우리 왕가는 다시 일
　　　　　 어나야 해. 악의 무리로 인해 몰락해서는 안 되지.

릉　　　 엄마, 우리 이대로 끝나게 되면 어쩌죠?

젊은승국　(영웅처럼 늠름하게 등장하며) 걱정 마세요! 제가 당신들을 지
　　　　　 켜드리겠습니다.

릉　　　 어머나, 깜짝이야!

할머니　 당신은 누구시오?

젊은승국　(예를 갖추며) 마마, 안심하십시오. 저는 따이한에서 온 군인
　　　　　 입니다.

할머니　 따이한?

젊은승국　네! 마마와 백성들을 악의 무리로부터 구하기 위해 출동
　　　　　 했습니다. 제가 마마와 공주님을 지켜드리겠습니다.

릉　　　 아! 멋지셔라!

할머니　고맙소! 우리 왕가가 다시 일어서면, 내 큰 상을 내리리다.

젊은승국　성은이 망극하여이다.

끌레멩　그 늠름한 모습에 반한 어머니는 그분을 사랑하게 되었고, 두 사람은 결국 부부가 되었습니다. 그리고 그 사랑의 결실로 제가 태어난 거죠.

　　　　　할머니 퇴장. 어머니와 승국 부끄러운 듯 손을 잡는다. 키스를 하는 느낌으로 포개지다가 빙글~

젊은승국　(손을 가려 멀리 내다보며) 여보, 끌레멩 어디 있어요?

릉　(같은 행동을 하며) 글쎄요. 할머니랑 또 바닷가에 나가지 않았을까요?

젊은승국　내 한번 찾아보리다. 끌레멩, 어디있니~? 끌레멩~~~!

어린끌레멩　(바구니를 들고 달려 나오며) 아빠~~~! 끌레멩 여기 있어요~ 여기요~

할머니　(등장) 자네 나왔는가?

젊은승국　네. 끌레멩, 뭐 하고 있었니?

어린끌레멩　할머니랑 고기 잡고 있었지요~

젊은승국　(바구니를 들여다보며) 우와~ 이렇게 많이 잡았어? 이걸 끌레멩이 다 잡은 거야?

끌레멩　그럼요~ 이래 봬두 제가 낚시 왕이에요~

할머니　이 녀석! 아빠한테 또 공갈을 치는구나! 할미가 잡은 걸

네가 다 잡았다구?

어린끌레멩 아이, 할머니! 그걸 얘기하면 어떡해요! 몰라! 가만 안둘
거야!

할머니 (도망가며) 어이쿠! 할미 살려~ 손녀가 할미 잡는다.

젊은승국 하하하~ 끌레멩, 그러다가 넘어진다. 살살 뛰어~

할머니와 어린끌레멩 퇴장. 승국과 릉, 뒤따라 퇴장. 바로 어린끌
레멩과 승국 손잡고 나온다.

끌레멩 아버지는 틈만 나면 나를 데리고 바닷가로 가서 노래도
가르쳐주고, 춤도 가르쳐 주고 했답니다.

어린끌레멩 아빠~ 아빠, 그거 불러주세요~

젊은승국 뭐? 아리랑?

어린끌레멩 아니 아니! 응응응응 이거~

젊은승국 넓고 넓은 바닷가에 오막살이 집 한 채~ 놀고먹는 아빠와
철 모르는 딸 있네~ 내 사랑아 내 사랑아 나의 사랑 끌레
멩땅콩~ 하늘 같은 날개 달고 대한민국 가보자~

어린끌레멩 나 땅콩 아니야!

젊은승국 그러셨어요? 하도 안 크길래 우리 끌레멩이 땅콩인 줄 알
았는데~

어린끌레멩 나 땅콩 아냐!

젊은승국 그럼 편식 안 하구 밥 골고루 먹으면 되지~ 그래야 쑥쑥

크지~

어린끌레멩 흥! 아빠랑 안 놀아!

젊은승국 어이구~ 삐치셨어요? 이걸 어쩐다? 간질간질~ 손 나
와라!

한참을 간지럼을 태우고 웃고 떠드는데, 릉과 할머니가 MIB차림
의 남자들과 같이 등장한다.

릉 여기에요. 여보, 손님들이 오셨어요.

젊은승국 누구시죠?

위원1 따이한이시죠?

젊은승국 네, 그렇습니다만…

어린끌레멩 아빠, 누구야?

위원2 잠깐 따라와 주셔야겠습니다. 조사할 게 있습니다.

릉 여보!

젊은승국 안 갑니다. 제가 왜 가야 합니까?

위원2 상부의 명령입니다. 순순히 응하지 않으면 강제로 모시겠
습니다.

할머니 이보시오! 어디서 왔길래 내 사위를 데려 가는 겁니까?

위원1 조사 마치고 금방 돌려보내겠습니다.

어린끌레멩 안 돼요, 안 돼! 왜 우리 아빠를 데려 가요?

젊은승국 난 아무 죄 없어! 난 안 가!

어린끌레멩 아빠! 아빠!

할머니 이보시오! 이보시오!

릉 여보… 여보~!

젊은승국 놔! 놔! 놓으라구!

위원들에게 끌려가는 승국. 할머니는 멍하니 바라보고 있고, 릉과 어린끌레멩은 주저앉아 운다.

승국, 큰소리로 미친 듯이 웃더니 갑자기 일어나서 무대로 걸어 나간다. 무대 위 사람들, 피한다. 무대 위로 올라간 승국, 끌레멩을 바라본다. 끌레멩, 영문도 모른 채 서 있다. 승국, 마이크를 빼 앗아 얘기한다.

승국 이렇게 뻔하고 시시한 얘기 말고, 아주 재미있는 얘기 하 나 해드리죠.
(끌레멩을 바라보며) 전 월남 파병 용사였습니다.

〈암전〉

16. 그 날 – 과거, 베트남 릉의 집

'따이한'

릉은 자수를 놓고 있고, 할머니가 작살과 바구니를 매고 나가려
한다.

릉   엄마, 어디 나가세요?

할머니   먹을 게 다 떨어졌다. 물고기라도 잡아야 끼니를 때우지.

릉   위험해요, 엄마. 그제 이거 팔려고 시장 가서 들었는데요.
미군들하고 따이한들이 저 건너 하티엔까지 쑥대밭으로
만들었대요.

할머니   그렇다고 우리 둘이 여기서 굶어 죽을 순 없잖니? 그래도
여긴 섬이라 안전할 거야. 금방 다녀오마.

릉   아버지도 그렇게 나가서 소식도 없고… (사이) 엄마, 차라

리 제가 다녀올게요.

할머니 애야, 아니다. 오히려 너처럼 젊은 처녀들이 위험하지. 설마 나 같은 노인네한테 무슨 해꼬지라도 하려구. 문단 속 잘하고, 무슨 소리라도 들리면 빨리 땅굴로 숨어라. 알았지?

릉 엄마…

할머니, 퇴장. 릉은 무거운 표정으로 자수를 놓는다. 별안간 들리 는 총성. 릉, 동작을 멈추고 가만히 들어본나.

릉 이게 무슨 소리지?

안절부절 못하는 릉. 나갈까 말까 하다가 다시 소리를 들어본다. 갑자기 들이닥치는 한국 군인들.

이상병 꼼짝 마! (릉이 소리를 지르자 입을 막고 구석에 앉힌다) 얼른 데 리고 들어와!

다리에 작살을 맞은 김 중사를 부축하며 승국이 들어온다.

김중사 으아 씨발. 정말 아파 죽겠네. 여기 알코올 아니 술 같은 거 없나?

이상병 (릉을 바라보면서) 야! 여기 술 없어? 드링크! (병을 마시는 시늉)

술! 술!

릉, 겁을 잔뜩 먹고 한 곳을 가르킨다. 이 상병 가서 병을 꺼내온다. 오 병장 병을 받고 김 중사 다리에 붓는다.

김중사   아~! 술을 가지고 오랬지. 물을 가지고 왔냐? 병신 같은 새끼!

이상병   죄송합니다. 야 너 얼릉 집안 샅샅이 뒤져서 술 꺼내와. 빨리! 너 이년 나를 속였어? 조금 이따 보자.

젊은승국   여기 찾았습니다.

이상병   빨리 가지고 와. 오 병장님 여기 있습니다.

오병장   가서 옷 같은 거 가지고 와. 이빨 깨물 거.

이상병   야! 옷가지 찾아서 와!

젊은승국   (한참을 찾다가) 안 보입니다!

이상병   병신 같은 새끼 안 보이면 만들어 새꺄!

승국, 릉을 보고 릉의 옷을 찢는다. 릉의 옷의 일부가 찢겨져 나온다.

젊은승국   여기 있습니다!

이 상병, 옷가지를 뭉쳐 김 중사의 입에 물린다.

오병장 (이 상병에게) 니가 술을 부어라. 내가 이걸 뽑을 테니. 그리고 너는 김 중사님 잡어.

젊은승국 저 이 여자는 어떡할까 말입니다?

오병장 구석에 묶어놔!

빠르게 동작들이 이루어지고 김 중사의 다리에 박힌 작살을 빼내는 분대원들. 비명과 함께 빠지는 작살. 그리고 〈암전〉.

조명이 들어오면 김 중사는 구석에 누워있고 오 병장 벽에 기대어 있다. 이 상병 서 있고 승국 원산폭격을 하고 있다.

이상병 이 좆같은 새끼가 늙은 베트콩 새끼한테 뛰라고 막 소리를 질러? 너 간첩이지? 씨발놈아 너 베트콩이랑 내통하지?

젊은승국 (갑자기 일어나며) 아닙니다! 저 간첩 아닙니다. 하지만 그 노인은 민간인 같았습니다.

이상병 (발로 걷어차며) 이 새끼 누가 일어나랬어! 꼬라박아! 이 고문관새끼! 너를 데리고 다니면 언젠가는 사고 칠 것 같았어!

젊은승국 시정하겠습니다!

이상병 시정을 하든 사정하고 싸든 씨발놈아! 너 내가 그 새끼 놓쳤으면 널 쏴아버렸을 거다.

오병장 그만해라. 며칠 잠도 못 잤는데 죽일 셈이냐?

이상병 오 병장님 그건 아니지 말입니다. 실전이니까 더 강하게 다뤄야 되지 말입니다.

김중사   야! 내 군 생활 중에 니가 가장 꼴통이었어. 누가 누굴 욕하냐?

이상병   아 김 중사님 왜 그러십니까? 애들 앞에서 그러면 안 되지 말입니다!

김중사   너 내가 다친 거 다행인 줄 알아라. 안 그랬으면 주둥아리를 아작 내버렸을 거다.

오병장   김 중사님 열 내지 말고 쉬십시오. 양승국이 기상!(기상!) 가서 먹을 거 좀 찾아와.

젊은승국 돌아다니면서 음식을 찾고 이 상병, 릉한테 가까이 간다.

이상병   전 배 안 고프니까 말입니다. 다른 거 먹겠습니다. (릉에게 더욱 가까이 간다)

릉   살려주세요

오병장   건드리지 마라. 민간인은 건드리지 않는 게 우리 신조다.

이상병   에이 그런 게 어디 있습니까? 전쟁터에 민간인이고 군인이고 어디 구분합니까? 또 압니까? 이년이 악질 베트콩일지… 아까 그 늙은 악질처럼 어부인 척 하고 작살로 공격할지 어떻게 아냔 말입니다. 오 병장님이 먼저 하시고 싶어서 그런 것 아닙니까?

오병장   말하는 꼬라지하고는… 그래서 니가 꼴통이란 거다.

이상병   아 정말 (릉을 보면서 안달하다 조용하게) 걱정마라 넌 내가 이

따가 머리 올려 줄 테니 응? 기다려라 알았지? (가슴을 장난 치듯 만진다)

〈암전〉

어둠 속에서 신음소리가 난다. 용명 되면 이 상병이 잠을 깬다.

이상병 이게 무슨 소리지? 어? 씨발! (구석에서 승국이 릉을 범하고 있는 걸 본다) 이 씨발새끼! 지금 뭐 하는 거야? 빨리 안 떨어져? 떨어져! (승국, 아랑곳하지 않는다) 이 새끼가 죽을라고 환장을 했나? (이 상병, 승국을 발로 밟는다. 옆으로 나가 떨어지는 승국) 넌 조금 이따 죽여줄 테니 기다려.

급하게 바지를 내리는 이 상병. 릉을 덮치려 한다.
승국, 일어나 총을 들고 이 상병을 쏜다.
릉, 소리 지른다.
총소리에 깬 김 중사도 쏴버린다. 미친 듯이 난사한다.
승국, 소리 지른다. 한참을 그러다 총을 버리는 승국. 털썩 주저앉는다. 구석에 웅크리고 있던 릉, 덜덜 떨며 총을 집어 든다. 흔들리는 총구는 승국을 향해 있다. 탕! 승국의 다리에 맞았다.
승국, 천천히 릉 쪽으로 온다. 승국, 덜덜 떨리는 총구를 자신의 머리에 갖다 댄다. 하지만, 릉은 쏘지 못한다.
갑자기 섬광. 이어지는 전투기 소리. 폭탄 터지는 소리. 경계하는 승국, 릉을 끌고 나간다.

릉, 승국을 거부하고 때리면서 끌려 나간다.

탑 조명이 켜지고 전체조명이 꺼진다.

승국 미군의 팬텀기에서는 네이팜탄이 쏟아져 내리고, 밤인지 낮인지 모를 만큼 환한 빛 속에서 베트남의 외딴 섬마을은 하나 둘 폐허가 되어가고 있었습니다. 하루에도 수천 명이 죽어나가는 상황에서도 질긴 목숨은 끊어지지 않았죠. 그로부터 참 많은 시간이 지났습니다.

〈암전〉

17. 넓고 넓은 바닷가 – 과거, 바닷가

술병을 들고 멍하니 앉아 있는 젊은승국. 릉이 다가온다.

'좌절하는 승국'

릉　　　밥 먹어.

젊은승국　너나 먹어.

릉　　　밥 먹어.

젊은승국　나 굶든 죽든 신경 꺼.

릉　　　죽더라도 밥 먹고 죽어. 매 끼니 때마다 이러는 거 나도 지
　　　　　겨워.

젊은승국　나 안 고파 배. 너 귀찮아. 그러니… 그러니… 씨발, 그 떽
　　　　　떽거리는 말 듣고 싶지 않아. 귀찮게 굴지 말고 꺼지라구.

릉　　　뭐라고 하는지 못 알아듣겠어. 우리나라 말로 해.

젊은승국 (혼잣말하듯) 헤엄쳐서 쭉 가면 한국이 나오려나? 배를 한번 만들어 볼까? (술 마신다. 심하게 기침한다)

릉 (술병을 뺏으며) 술 그만 마셔. 몸도 안 좋으면서 술 먹고 죽으려고?

젊은승국 (거칠게 다시 술병을 낚아채며) 저리 안 꺼져?

어린끌레멩 (달려오며) 엄마~ (기어들어가는 소리로) 아빠…

젊은승국 아빠라고 부르지 마.

어린끌레멩 아빠…

젊은승국 아빠라고 부르지 말라고! (끌레멩을 붙들고) 잘 들어! 나 아냐 네 아빠!

릉 (끌레멩의 귀를 막으며) 애한테 소리지르지 마. 그리고 어떻게 그걸 부정해? 끌레멩은 당신 딸이야.

젊은승국 흥, 내 딸이라고? 내 새끼인지 다른 놈 새끼인지 내가 어떻게 알아? 여기저기 다리 벌리고 다녔는지 내가 어떻게 아냐고? 난 이 지긋지긋하고 더러운 베트남하고 엮이기 싫어, 알았어? 나 싫어 벳남!

어린끌레멩 (엄마의 손을 풀며) 엄마…

릉 (감정을 추스리며) 어, 끌레멩. 우리 밥 먹으러 갈까?

어린끌레멩 네… 엄마, 근데 라이따이한이 뭐예요?

릉 라이따이한? 그 말 어디서 들었어?

어린끌레멩 애들이… 나더러 라이따이한이래요. 라이따이한이랑은 안 논대요. (사이) 엄마, 라이따이한이 나쁜 거예요? 나 나쁜 아이에요?

젊은승국 왜 나빠 따이한이? 끌레멩, 보이지 저기? 저 너머가 내가 살던 아름다운 나라야. 봄에는 새싹이 움트고 여름엔 햇살이 싱그럽고 가을엔 열매가 익어가고… 겨울엔… 겨울이 되면 눈사람도 만들고 눈싸움도 하고 처마 밑에 달린 고드름도 따 먹고… 따이한은… 대한민국은… 그런 곳이야.

어린끌레멩 아빠…

젊은승국 끌레멩, 나랑 갈래 한국? 그래, 가자! 따이한! 거기서 예쁜 인형도 사고 예쁜 드레스도 입고 맛있는 것도 많이 먹고…

릉 그래, 가! 가버려! 따이한인지 어딘지 빨리 가버려! 너 때문에 우리 끌레멩이…

젊은승국 (갑자기) 김 중사님 위험합니다. 제가 구해드리겠습니다. 이 베트콩 새끼들! 위생병! 위생병! 어, 저기! 우리 배가 옵니다! 우리를 태우러 왔습니다! 만세! 대한민국 만세! (미친 듯이 간다)

릉 정신 차려, 거긴 바다야! 위험해! 가지 마!!

어린끌레멩 아빠! 아빠, 제발 가지 마요! 아빠!

승국 (목소리) 여기에요, 여기! 사람 살려요! 태극기… 태극기! 이거 대한민국 배죠? 대한민국 만세! 대한민국 만세! 저는 파월군인입니다! 베트콩들한테 모두 몰살당하고 저만 포로로 잡혀 있었습니다! 구해주셔서 감사합니다! 감사합니다! 대한민국 만세! 대한민국 만세!!

링과 어린끌레멩, 아무 말도 못하고 흐느낀다.

울음소리와 대한민국 만세 소리 오버랩.

〈암전〉

'넓고 넓은 바닷가'

18. 탈출 – 현재, 교회 앞뜰 행사장

승국   (운다) 대한민국 만세! 대한민국 만세! 베트남의 자유를 수호하기 위해 간 바닷가 마을에서 구사일생으로 살아난 그 군인은! 모녀 베트콩의 추격을 따돌리고 자유대한의 품으로 돌아왔습니다! 이 얼마나 대단한 일입니까? 박수! 박수! 전 다시 태어나도 자유대한과 평화를 위해 베트콩과 싸울 것입니다. 대한민국 만세! 대한민국 만세!

김씨와 장팔, 승국을 끌어낸다. 승국 나가면서도 대한민국 만세를 부르면서 나간다.

끌레멩   (멍하다) 아… 빠…? 아빠? (승국을 쫓아가는데 교도관들이 말린다)

영숙 일행 갑자기 관객들에게 달려든다. 교도관들 객석 쪽으로 달려온다.

정옥   끌레멩, 어서 가라! 그래도 아빠는 아빠다.

영숙   소장님, 미안합니다. 전 교화 못 될 년이에요. 그냥 오래오래 지냅시다!

혜진   (관객에게) 아따, 미안혀요잉. 그냥 쪼까 맞는 척만 해주소!

수희   어떡해… 어떡해… 에잇! 에잇! 끌레멩~ 잡히지 마~!

제시카 난 이런 야만적인 행동 동참 안 해~ (영숙 용자를 부른다. 목소리 굵어지며) 아냐, 언니! 용자 아니라니까!

끌레멩, 자리를 빠져나간다. 정옥 일행과 교도관들 관객들, 한데 뭉쳐 아수라장이 된다.

〈암전〉

19. 끌레멩타인 – 현재, 카오나무 언덕

승국, 인형이 가득한 박스에 힘들게 누워 있다. 기침. 끌레멩, 다 가온다.

승국   꽁까이 왔어? (끌레멩이 다가오자 만류한다) 오지 마. 이대로 그냥 도망가. 뒤돌아 보지 말고 앞만 보고⋯

끌레멩   (주저앉는다) 아빠?

승국   (사이) 아름다운 나라지? 봄에는 새싹, 여름엔 햇살, 가을엔 열매⋯ 겨울엔 눈사람도 만들고 눈싸움도 하고 처마에 달린 고드름도 따 먹고⋯

끌레멩   처마 달린 고드름 따 먹고⋯ (사이) 아빠.

승국   미안하다.

끌레멩   (베트남어로) 궁금했어요. 따이한. 대한민국. 아름다운 나라, 한국 궁금했어요. 얼마나 아름답길래⋯ 아빠가 그렇게 그리워하는지 궁금했다구요. 엄마랑 나도 버리고 갈 만큼 여기가 아름다워요? 그렇게 버리고 갔으면서 이 꼴은 뭐예요, 네? 잘 살고 있을 줄 알았어요. 그래서 힘들 때마다 부자가 된 아빠가 날 찾으러 오는 상상을 했어요. 왜 우릴 떠났어요! 왜 떠나고도 이렇게밖에 못 살아요! 왜요 왜! 왜~!! (품에서 칼을 꺼내고) 아빠, 엄마한테 가서 용서 빌어요. (승국을 칼로 찌르려 하다가 차마 찌르지 못한다. 울며) 아빠가 너무 미워요.

승국   끌레멩, 정말 미안하다… 그리고… 찾아와줘서 고맙다…

승국, 끌레멩의 손에서 칼을 빼어 스스로 깊숙이 찌른다.

끌레멩   (놀라서 울며) 아빠! 아빠! 아빠 안 미워요! 안 미워요… 아빠… 아빠…

승국   (끌레멩에게 인형을 한 가득 주며) 나도… 보고 싶었어…

끌레멩   아빠… 아빠… (사이) 보… 땀비엣… 땀비엣, 보! 안녕… 아빠… 이젠 편히 쉬어요…

소리   (경찰차 소리와 함께) 끌레멩! 주변을 다 포위해서 도망갈 데가 없다. 순순히 자수해라. 지금 돌아온다면 정상참작 하겠다. 다시 한번 말하겠다. 자수하면 정상참작 하겠다.

끌레멩, 소리가 들리는 쪽을 바라보다 승국의 몸에서 칼을 빼낸다. 칼과 인형을 들고 천천히 걸어가다 뛰어간다. 동작 멈추고 뒤돌아본다.

어린끌레멩   아빠, 정말이죠? 이 인형, 정말 끌레멩 거예요?

젊은승국   그럼~ 이것도 이것도 이것도 다~ 끌레멩 거야.

어린끌레멩   와~ 아빠 고마워요! 아빠 최고! 엄마한테 가서 자랑해야지~ (한쪽으로 뛰어나간다)

젊은승국   하하하. 끌레멩, 같이 가~ (퇴장)

끌레멩, 미소 짓는다.

〈암전〉

그리고 용명되면 피 흘리고 누워있는 끌레멩. 손 바로 옆에 놓여 있는 피 묻은 칼. 눈가에 눈물이 그렁그렁 고여 있다. 미소 지으며 죽어가는 끌레멩. 드디어 심장이 정지한다. 서서히 음악 나온다. 〈클레멘타인〉

끝.

'안녕 아빠'

한국 희곡 명작선 75

땀비엣, 보

초판 1쇄 인쇄일   2021년 11월 25일
초판 1쇄 발행일   2021년 11월 30일

지 은 이   강제권
삽   화   이지영
만 든 이   이정옥
만 든 곳   평민사
          서울시 은평구 수색로 340 〈202호〉
          전화 : 02) 375-8571 / 팩스 : 02) 375-8573
          http://blog.naver.com/pyung1976
          이메일   pyung1976@naver.com
등록번호   25100-2015-000102호
ISBN   978-89-7115-789-3   04800
          978-89-7115-663-6   (set)
정   가   8,000원

이 책은 사단법인 한국극작가협회가 한국문화예술위원회의 2021년 제4회 극작엑스포
지원금을 받아 출간하였습니다.